AF356753

CATALOGUE

DE

TABLEAUX

ANCIENS ET MODERNES

DESSINS, AQUARELLES, GRAVURES

ET

CURIOSITÉS

Mandoline de la reine Marie-Antoinette

DONT LA VENTE AURA LIEU

Par suite du Départ de M. Hubert B***, ancien magistrat

HOTEL DROUOT

SALLE N° 9

Le Mercredi 24 Mai 1876

A DEUX HEURES

Par le ministère de **M° MULON**, Commissaire-Priseur,
rue de Rivoli, 55,
Assisté de **M. HORSIN DÉON**, Peintre, rue des Moulins, 15.

EXPOSITION PUBLIQUE

Le Mardi 23 Mai 1876, de une heure à cinq heures.

———

PARIS — 1876

CONDITIONS DE LA VENTE

Elle sera faite au comptant.

Les Acquéreurs paieront CINQ POUR CENT, en sus du prix d'adjudication.

DESIGNATION

DES

TABLEAUX

BONINGTON (Attribué et signé)

1 — Jeune Chasseur recevant l'hospitalité dans un vieux
    manoir.

BOURGOIN (Signé A.)

2 — Jeune Femme suspendant sa lecture pour méditer.

CARON (Signé)

3 — Marine. Vue prise sur les côtes de Normandie.

4 — Marine. Son pendant.

COIGNARD (Signé L.)

5 — Paysage avec vaches dans une prairie.

CRIVELLI (Angelo Maria)

6 — Poissons déposés sur une table de pierre.

C. V. N. (Signé du monogramme)

7 — Paysage avec vaches au paturage.

DEMAY

8 — Paysage avec route, chaumière et figures.
Joli petit tableau dans le genre de Demarne.

DETOUCHE (Signé S.)

9 — La Pêche.

10 — Le Nid d'oiseaux.

DIAZ (Genre de)

11 — Jeune Femme surprise par l'Amour.

DIAZ (Genre de)

12 — Des Fleurs.

DYCK (École de van)

13 — La mort d'Adonis.

DROLLING (Signé MARTIN)

14 — Paysage montagneux traversé par des pèlerins.

DULIN (PIERRE)

15 — Portrait de gentilhomme.

E. B. (Signé)

16 — Paysan conduisant des chevaux de trait.

E. D. (Signé), 1870

17 — Paysage.

FORT (Signé Th.)

18 — Hussard en reconnaissance.

19 — Charge de chasseurs.

FRANKELIN (Signé)

20 — La mort du Tasse.

GOYEN (Jean van)

21 — Paysage avec route, chaumières et figures.

GUDIN (Signé H.)

22 — Marine : Temps calme avec barques (Soleil couchant).

23 — Marine avec barques (Effet de nuit).

HEEMSKERCK (Egbert)

24 — Les Liseurs de gazette.

HÉROULT

25 — Le Port Philippe. Vue prise sur les côtes de Normandie.

HERT (De)

26 — Des Fumeurs.

HODEBERT (Signé)

27 — Jeune Romaine en méditation.

KILS (Signé)

28 — La Visite intéressée du voisin.

LODINA-LANGLIN (Signé V.), 1873

29 — Jeune Espagnole à sa toilette.

LONDONIO (Francesco)

30 — Paysan trayant des vaches.

31 — La Méridienne. Son pendant.

MEYER (de Pragues)

32 — Halte de voyageurs.

33 — Soldats en marche pendant l'orage.

MURATON (Euphémie)

34 — La Grenade.

MUSIN (Signé F.)

35 — Marine. Expédition dans les mers glaciales.

NORMAND (D'après Murillo)

36 — La Vierge et l'Enfant.

PIEMARD (D'après Lancret)

37 — Scène galante. (Porcelaine).

RESTOUT (Jean)

38 — Portrait d'homme.

ROBIN (Signé P.)

39 — La Blanchisseuse de l'étudiant.

ROEHN, père (Signé)

40 — Un Paysagiste romantique. (Tableau satyrique).

ROQUEPLAN (Camille)

41 — Paysage-Marine. Mer houleuse avec barques de
pêcheurs.

SAINT–EDME (Signé A. de)

42 — Vue prise à Chatou.

SEVESTRE (Signé J.)

43 — Satyre et Bacchante.

44 — Jeunes Femmes au bain.

SIMONI (de Parme)

45 — Port de mer.

46 — Une Plage.

STACHE (Adolphe)

47 — Le Tasse.

48 — Le Fauconnier (d'après Couture).

TASSAERT

49 — L'Évanouissement.

VILLERS (Signé T. de)

50 — Paysage boisé avec rivière et figures.

ÉCOLE FRANÇAISE

51 — Des Fidèles assistant à la messe.

52 — Réunion d'une Société secrète (Tableau satyrique du temps).

53 — Intérieur de parc (Signature illisible).

ÉCOLE ANGLAISE (Signé G. G.)

54 — Paysage avec figures de pêcheurs.

55 — Portrait de Franklin.

ÉCOLE ITALIENNE

56 — Madeleine en méditation

Miniature datée de 1687.

DIVERS

58 — **Ecole française**. Paysage avec cavalier.

59 — **Id.** Son pendant.

60 — **Ostade** (École de). Villageois se livrant au plaisir de la danse.

61 — **Eisen** (Attribué à). Pastorale.

62 — **École napolitaine**. Paysage, site d'Italie (Gouache).

63 — **Brauwer** (Genre de). Rixe dans un cabaret.

64 — **École primitive italienne**. La Fuite en Égypte.

65 — **École flamande**. Étude de têtes de moutons.

66 — **Ribalta**. Saint Jérôme.

67 — **Boucher** (École de). Femme sur un lit de repos.

68 — **Viso** (Signé). Paysage avec sujet de Judith.

69 — **Carrache** (Attribué à). Apollon et Marsyas.

70 — **Legnani** (E.). Portrait d'homme cuirassé, avec mains.

71 — **Bibiéna**. Ruines. Deux pendants.

72 — **École moderne**. Sujet oriental.

73 — **Henry de Marseille**. Une Tempête.

74 — **Wildens** (Jean). Paysage avec chute d'eau.

75 — **Brayer**. Navire sur une mer agitée.

76 — **Hery** (Signé). Vase de fleurs.

77 — **Lagili**. Fruits suspendus par un ruban.

78 — **École moderne**. Paysage.

79 — **Tornille** (Signé). Scène de cabaret.

80 — **P.** (Signé). Pomone.

81 — **Pagès** (Signé). Une Clairière.

82 —   **Id.**   Paysage boisé.

83 —   **Id.**   Paysage avec route.

84 — **École moderne**. Tête de jeune fille.

85 — **Bénard**. La Marchande de poissons.

86 — **Léonard** (D'après). Sainte Madeleine.

87 — **Passanti** (Bartolomeo). Démocrite.

88 — **Bésil** (G.). Vase de fleurs.

89 — **Vignon** (Claude). La Vertu triomphante.

90 — **Pagès** (Signé). Paysage avec femmes au bain.

91 — **Lemay**. Paysage avec femmes au bain (Gouache).

92 — Douze petits Paysages.

93 — Cinq Tableaux divers.

94 — Quarante-et-un Tableaux et Études diverses.

DESSINS, AQUARELLES

95 — **Allongé** (1872). Paysage boisé.

96 — **Signature illisible.** Chevaux conduits à l'abattoir (Aquarelle).

97 — **Debras.** Portrait d'acteur. (Dessin aux trois crayons.)

98 — **Fort** (Th.). Artillerie en marche (Aquarelle).

99 — **Id.** Artilleurs lancés au grand galop (Aquarelle).

100 — **Levis** (1871). Un Cheval (Aquarelle).

101 — **Inconnu.** Paysage (Aquarelle).

102 — **Pinelli** (Signé). Paysage (Aquarelle).

103 — **Wattier** (Émile). Vénus instruisant l'Amour.

104 — **Id.** Diane au bain.

105 — **Id.** Vénus désarmant l'Amour.

106 — Vingt-quatre Dessins et Pastels par Debras.

107 — Dessins en portefeuilles.

GRAVURES

108 — Un Portefeuille.

109 — Deux Gravures encadrées et quatre sous verre.

CURIOSITÉS

110 — **Mandoline de la reine Marie Antoinette.**

> Elle a figuré à l'Exposition de Trianon en 1867, dans laquelle l'Impératrice avait rassemblé tous les objets ayant appartenu à la reine.
>
> Au centre de ce précieux instrument se voit le chiffre **M. A.**, et sur le manche, orné d'un dauphin, le portrait du roi Louis XVI avec cet exergue : *Ludovicus rex christianissimus.*

111 — **Croix en bois de Santal sculpté ayant appartenu à Marie Thérèse. Dans l'intérieur se voit le Christ en croix; sur le revers et le couvercle, des symboles religieux.**

112 — **Une Glace bordée d'un joli cadre Louis XVI en bois sculpté très-finement exécuté.**

113 — **Idole chinois en marbre, dit onyx, sur un socle en bois sculpté.**

114 — **Quatre Salières Louis XVI en argent (verre bleu).**

115 — **Une Tasse et sa Soucoupe en argent.**

116 — **Une Montre en or, Louis XV avec médaillon : Portrait d'homme cuirassé (Émail).**

117 — **Une grande Potiche décorée de fleurs bleues en pordelaine du Japon.**

118 — **Appliques en bois sculpté avec lumières en fer forgé.**

119 — **Deux Torchères en bronze doré.**

120 — Un Porte-Burettes, monture en bronze sur un
plateau de vieux Sèvres, pâte tendre.

121 — Une Assiette montée dans un cadre du temps :
le médaillon représente des paysans (OEuvre de
Mme la duchesse de Berry).

122 — Un Sucrier en porcelaine vieux Saxe, fleurs poly-
chromes.

123 — Modèle de Salière : Chien et Chat. Terre-cuite par
Fratin.

124 — Le Renard et le Corbeau. Cire par Fratin.

125 — Chevaux de course (Bas-relief). Terre-cuite par
Fratin.

126 — Portrait de M. le baron de Breteuil, ministre de
Louis XVI (Cire peinte par Lorthior. Graveur en
médailles, 1792.

127 — Tabatière en écaille avec portrait d'homme (Miniature).

128 — Tabatière en ivoire avec chiffre en médaillon.

129 — Grand et beau cadre neuf moderne, fraîchement
doré.

V^es RENOU, MAULDE et COCK, impr^s de la Compagnie des Commissaires-Priseurs,
rue de Rivoli. 144.   65538

www.ingramcontent.com/pod-product-compliance
Lightning Source LLC
LaVergne TN
LVHW010856180726
843502LV00010B/3923